貓出沒!! 注意

蔡有利 채유리 ——— 著　尹嘉玄 ——— 譯

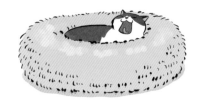

一家人平時在客廳的景象

博多(♀)

查古(♀)

巧可(♀)

波比(♂)

1.一群膽小鬼

舔舔

舔舔…

……

哼一

哼一

ㄴ啪！

弓著嘴 !!

看你就討厭！

甩

甩

我又怎麼了…？！

又沒對她幹嘛…

貓咪…是比較敏感的動物。

🐾 也讓我睡一下 🐾

沉思中的巧可

喝啊…

伸直→

坐著吐舌伸懶腰
（四隻貓裡只有巧可會這樣）

轉…

🐾 家裡有鬼啊 🐾

那天晚上，一如往常般寧靜。

我在房間裡充滿智慧地
用著智慧型手機，

媽媽則在客廳看著她的電視⋯

博多、查古、巧可、波比也在
各自喜歡的角落，享受著悠閒時光。

怎麼了 !!

發生什麼事？！！

十月鬼一直跟著我 !!

啪　　　沙　沙

噠噠噠噠噠～～～～～

回過神來才發現，
紅色塑膠袋塞在冰箱旁的小縫。

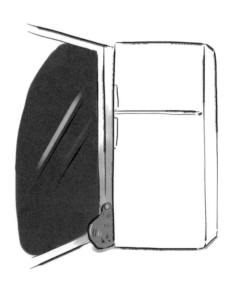

暈。

真誇張…

第一次看見
如此膽小的博多…

咻

嗚嗚嗚嗚嗚…

拔腿跑！！

後來在找貓咪們時發現，
巧可和波比
躲在沙發底下…

抖抖…　　　抖抖抖…

博多和查古則是
躲在廁所後方的角落。

牆

抖抖…　嗚嚕嚕…　　嗚嚕嚕嚕…

廁所

因為陷入恐慌狀態，
一直看著我嗚嚕嚕叫。

唉。

這些傢伙實在是…
膽子未免也太小…

他們應該是
第一次嚇成這樣吼？

一定的啊，
紅通通的
塑膠袋在那
沙沙沙…
飄來飄去…

啊哈哈哈哈…

塑膠袋在那裡
沙沙沙～～

噗哈哈哈…

太搞笑了。

貓咪們被嚇得半死，
目擊者卻是越想越覺得好笑。

過了好幾個鐘頭，
他們才睜著驚嚇過度的無辜大眼
顫抖著爬出來。

顫抖…

抖抖抖…

鬼…已經
不見了嗎…？

小心翼翼…

博多！

博多也因此弄掉了
一片指甲，血流不止。

啊！

後來有一段時間，
博多都會用恐懼的眼神看著客廳，
並隨時保持警戒。

焦慮

坐立…

難安…

說不定又會
飄過來…

塑膠鬼
就是你啦。

完

2.喂！你在吃什麼

雖然每隻貓的癖好和性格都不同，
但是，血緣關係果然騙不了人…
博多和查古的口味實在太像了。

🐾 好吃的塑膠袋 🐾

嘶…

飄飄

明知會被罵，
卻還是會虎視眈眈一逮到機會就咬塑膠袋。

然後過一陣子，
就一定會乾嘔…

究竟為什麼一直要吃塑膠袋呢…？

🐾 恐怖紅緞帶 🐾

嘖嘖～
她整型整過頭了。

真的…
幹嘛整呢…

阿姨－
查古在吃緞帶～！！

嗯？

吃巴阿！

嚼嚼

還有一次是…

博多咳嗽作嘔了一整晚。

第二天早上，
正準備帶她去動物醫院時…

這…
這是…？

原來是…

呵…

這傢伙…
幹嘛吞這東西…

到底是從
哪裡找來的…

濕
濕

平常當書籤用的緞帶

※據說貓咪誤食長線或緞帶，
導致腸道打結必須手術開刀的
情形也經常發生…

呼～
至少有吐出來
已經很幸運了。

真是有驚無險。

嘖嘖－什麼都
愛往嘴裡塞…

呼－
終於活過來了…

從那次之後，
只要是線條繩帶類的物品，
我都會格外小心，
通通收在他們看不見的地方。

🐾 恐怖針線 🐾

舔舔...

我們稱食用不具營養價值的物質為「異食症」。
雖然產生異食症的原因百百種，
但是從只有博多和查古這兩個親姊妹有著相似癖好看來，
或許和遺傳或體質有關。

因為博多和查古曾把塑膠、頭髮、書籤繩、線等吞進肚子裡，
所以只好將這些物品通通好好藏起來。

聽說只要給貓咪餵食貓草，就會改善這樣的情況，
但是這兩隻是吃貓草也吃塑膠袋。

除此之外，聽說也有會吃衣服、棉被、貓沙、插頭或襪子的貓咪，
相較之下，我家的寶貝們似乎已經算是程度輕微的了。

完

雖然同住一個屋簷下已經第7年…

…結果啊
那個奶奶…

ㄎㄎ
真假？

阿嗚～

啪啪

阿嗚～

阿媽
快點出去…

博多卻不是很歡迎阿媽進房

唉唷，
幹嘛這樣…

我不能進來你的房間是嗎…

嗷～

先不論其他地方…
或許她認為
至少這個房間
是屬於她自己的領域…
所以會對偶爾走進房間的阿媽
表示不滿

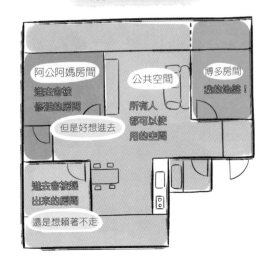

博多的地盤概念

其實，博多並不是一開始就這麼難搞。

難以抗拒的
肥肚誘惑

啪嚓!

歡迎光臨,阿媽~

只要阿媽一開門,博多就會仰躺在地上,
展現誘人的姿態。
但是⋯阿媽的反應總是不如預期。

她幹嘛
老是這樣躺著啊?

無感⋯

太強了⋯
看到如此迷人的粉紅
肚,居然無動於衷⋯

翻滾⋯

呋。

還有一天…

我第一次發現，
原來貓也會有錯愕的表情…

某一天…
夜裡…

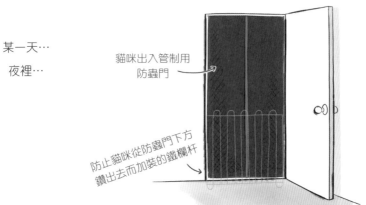

貓咪出入管制用
防蟲門

防止貓咪從防蟲門下方
鑽出去而加裝的鐵欄杆

還不睡？

都這麼晚了
快睡吧…

阿媽～
來陪我玩

喵嗚～

抓
抓

啪嚓。

一如往常又把阿媽
叫住的博多

哇，真臭

啊哈哈…　　啊哈哈…

ㄎㄎㄎㄎ

抖抖　　　　什…什麼鬼…

我想…

一定是因為那次事件，

博多才會徹底改變

嘁！

我要守護這裡，
不能縱容放屁恐怖分子！

雖然畫得有點誇張，
但鐵欄杆確實有掉落。

🐾 甜蜜時光 🐾

喀沙！

無敵女金剛博多.Jpg

阿

喵嗚～

她們其實也有親密的時候。

雖然非常短暫。

真不愧是
冷漠的都市阿媽。

4.全家人的寶貝

我們家的氣氛其實是在波比加入後
才產生了明顯改變。

剛開始搬回家裡住的時候，
博多、查古和巧可只會找我，幾乎不太和其他家庭成員接觸，
即便住在這裡已經第七年，
彼此依然是生活在不同世界…

反之，波比則是非常自然地
融入了人類家族。

🐾 阿媽的心頭好 🐾

我回來了～

不知從何時起…

只要外出回到家…

來啦？

喵～

咦？
怎麼會有
這麼不協調的
花朵背景…？

怎…怎麼回事？
氣氛怎麼怪怪的？

原來是…

唉唷－我的老腿啊…

嗯？

波比啊～
讓阿媽
坐一下吧，
讓一讓…

沒想到隨意脫口而出的一句話…

…就是這樣的一段故事。

從此以後，

波比就成了阿媽格外疼愛的貓孫。

🐾 和阿公日久生情 🐾

不允許貓咪進入的
「貓咪止步」主臥房。

就算每次都會被阿公罵…
波比只要發現門沒關緊就會試圖想要進去。

難道是故意的？

引發貓咪期待的
最佳門縫寬度，
約2公分。（並
無科學根據，純
屬個人理論。）

非意圖性地不斷誘惑著波比的爸爸。

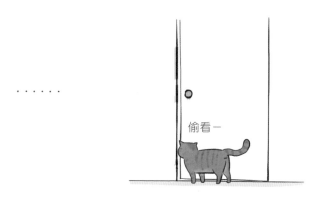

. . . . . .

偷看一

你這傢伙！

逃逃逃…

雖然總是罵了又罵…
但好像…
也是這樣日久生情的。

至少叫他出去
他還是會乖乖
聽話離開。

好想
進去。

呵呵

🐾 我是招待貓 🐾

每逢過年有親戚來家裡作客，
博多、查古、巧可就會躲在房間裡，
幾乎不走去客廳。
波比則是屬於好奇心旺盛且不怕生的個性，
所以很容易和人類打成一片。

即便是在年幼的姪子懷裡，
也毫不猶豫地獻出自己的身體⋯

就連對自己毫無興趣的人，
也會主動上前示好。

幹嘛…
什麼事？

喵～

前幾天我自己在家的時候，
居然突然想起他，
很奇怪吧？

啊？怎麼會？？

過去那邊！
會沾毛。

有著神奇魔力的
傾城美男波比。

呵呵～
看來他有魔力喔～

極具親和力的波比，

其實也不是對每個人都能夠敞開心房。

叮～咚

起身

是誰？

我是來檢查瓦斯的～

啾

啾

他通常不太會
抗拒女性…

叮～咚

請問有請電力技師嗎？

嚇！
是男的！！

但只要有陌生成人男子來訪…
波比就會突然消失不見。

而他最近最愛的藏身角落是…

雖然有聽說過貓咪通常會
對比女性體格高大的男性
更加警戒…
但是波比的反應滿明顯極端的。

辛苦了－

不會～
那我先走了～

喀啦

嗶哩哩～！！

.

.

.

等對方離開一陣子之後
才會緩緩出現的波比。

大叔…
走了嗎？

噗通　噗通

波比雖然有著嚴重的男性恐懼症，
但神奇的是，他並不會怕我爸和我哥。

不知道是不是因為還留有兒時見過的記憶…
或者是因為和我長得很像所以不具殺傷力…
我也不太清楚究竟是什麼原因，

波比～

只知道波比初次見到姊夫時，
也一樣非常恐懼…

咻赤!!

不過因為姊夫有著
近乎神一般境界的
釣魚神功，
兩人才變得逐漸熟悉。

就算許久未見，
再次相遇時會稍微退縮，

波比～

你…你是…誰…

但是只要一認出對方，便會卸下心防。

喔～
原來是釣魚大叔啊～

每次看見他都很像山賊，
好可怕…

雖然這傢伙的毛是走到哪噴到哪，

但也因為噴散了更多魅力，使噴毛變得一點也不成問題。

就算經常對貓大姊們耍白目、開玩笑，導致不受她們喜愛，

至少在我們人類家族之間，他是享有最高人氣的寶貝。

完

5.我有一隻小毛怪

 梳毛時間 🐾

孩子們～
來梳毛囉～

叩叩！！

嘿嘿

巧可第一個來，
那就從巧可先…

唰唰

71

只有博多、查古、巧可三隻貓的時候…

我就這麼說過…

要是只有那些毛就好了…

屬於一般短毛貓的博多、查古、巧可

如果是算「掉毛量普通多」的話…

我們輸了　　　　You win！！　可怕的傢伙！

毛怪波比先生

欸嘿～

密密麻麻的細毛
在空中
噴散！！

以短毛貓來說毛偏長
裡面的毛掀開來看
其實是白色。

我猜波比的爸爸或媽媽
一定是波斯……
他的毛相對來說較長也較輕
會不停「噴散」

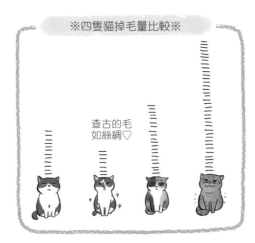

※四隻貓掉毛量比較※

查古的毛
如絲綢♡

光這幾隻短毛貓就
夠累人了，養長毛
貓的捧油…真是辛
苦你們了…T.T

嚓！

為了幫這可怕的傢伙梳毛，
我需要更厲害的武器梳子。

分不清是梳毛、
拔毛或抓毛…
總之會刷下
超多毛的道具

要是我拿出更強的道具…

你這臭小子，我今天
一定要把你徹底扒光！

抱著必勝的決心…

咬牙…

唰唰…

採集這傢伙的毛髮…

大豐收啊…

阿門～

這…又不是在上演
五餅二魚的神蹟…

有一陣子毛就會噴得比較少一些。

消瘦…

乖巧…

…好冷…

每次只要看到這麼多毛就會覺得…

要是可以把這些毛轉換
成資源來使用就好了…

好可惜…

與其把無辜的動物活生生抓來扒皮做成可怕的皮草衣，
不如用貓身上自然掉落的毛加工處理做成毛衣…

一針一線手工縫製
名牌貓毛衣！！
（但這件衣服做完，裁縫師
半條命應該也沒了…）

環充物：
100%
自然脫落貓毛

或者將貓毛加工後
取代羽絨製成貓毛外套…

如果做成衣服太困難，
保暖毛毯不知道可不可行？

對手工藝有興趣的人，
應該可以利用貓毛製成玩偶…

老鼠再也不敢走進你家！！

用「脫落貓毛」製成的保暖毛毯！！

後來，我找到一種貓毛回收再利用的好方法！

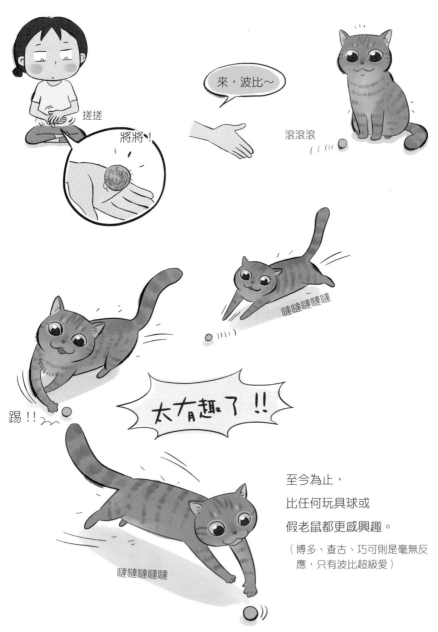

搓搓

將將！

來，波比～

滾滾滾

踢！！

太有趣了！！

噠噠噠噠噠

至今為止，
比任何玩具球或
假老鼠都更感興趣。

（博多、查古、巧可則是毫無反
應，只有波比超級愛）

噠噠噠噠噠

啊哈哈哈…
早知道他這麼喜歡，
就多做一些給他…

從此
貓毛再也不是
垃圾了…

所以最近只要幫孩子們梳毛，
就會把毛搓成球。

來，波比～
給你新球！！

滾滾滾

)))))

咚

麻煩適可而止囉。

已經玩膩了…

*有些貓咪會吞食毛球，
要特別注意。

🐾 美中不足 🐾

其實除了會掉毛之外，貓咪真的是非常完美的動物…

滾滾

究竟是什麼原因，讓他們有過剩的毛呢…

或許是…

從一開始就…

將將～！！
我的傑作！

喵～

時而冷酷孤傲，

時而賣弄可愛…

無辜
無辜～

明明沒有翅膀，
卻擁有飛躍的能力…

呃啊！

不是軟體動物，
卻很軟Q…

呼…

連如廁完畢都會
細心清理…

呿！討人厭的傢伙

噗呲

你們喔，
拉完要清乾淨啊…

伊甸園廁

嚓　嚓

哼。

不算數啦汪！

不公平咕！

哪有這樣的嚄！

於是，引來動物們
群起激憤…

掉毛的命運可能就是
這樣開始的…

太完美
是我的錯…

是嗎？為了公平起見…
那就只好…

所以上帝就賜予貓咪過多的毛…

跑跑跑跑

這隻應該是因為太可愛，
所以上帝特別幫他加量吧…

84

毛特別多的波比，每年夏天都會一直仰躺在磁磚上，
看他這樣，實在是於心不忍，但又沒有信心親自幫他剃毛，
更不想為了美容理毛而讓他接受麻醉施打。
最重要的是，我不確定波比看見自己光溜溜的模樣會有什麼反應。
此外，為了日漸升溫的地球著想，
至少到目前為止，我還沒有想要購買冷氣的意願…
只能祈禱每年夏天不要越來越熱了…

6.浴室好好玩

🐾 好奇寶寶1 🐾

你看哦～

滴
滴

滴
滴

嘿嘿嘿～

!?

令人好氣又好笑的好奇寶寶。

🐾 好奇寶寶2 🐾

今天也來洗個頭吧…

泡泡　泡泡

哦！
我要去看

那天，波比一如往常地跳進
浴缸裡看我洗頭。

咻！

平時

都會經過浴缸跳上洗手台。

但是…就在30分鐘前…

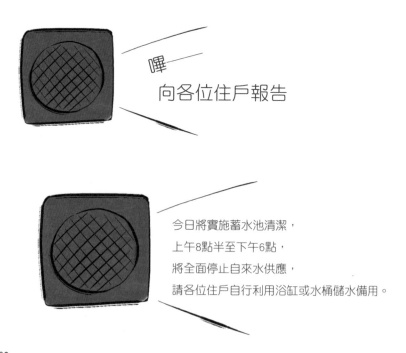

嗶

向各位住戶報告

今日將實施蓄水池清潔，
上午8點半至下午6點，
將全面停止自來水供應，
請各位住戶自行利用浴缸或水桶儲水備用。

好像有聽到… 啊⌇…⁇！

自從那次事件以後，

波比養成了會先確認一下浴缸再跳進去的習慣。

🐾 在浴室門前 🐾

我要洗澡了，別再跟進來囉，快去睡。

去去～

清～靜～

要是我在浴室裡待久一點…

就會聽到不間斷的呼喊聲。

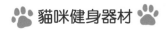

貓咪健身器材

只要是有養貓的家庭，好像都有類似的經驗。

竟然被稱作

「貓咪健身器材」…

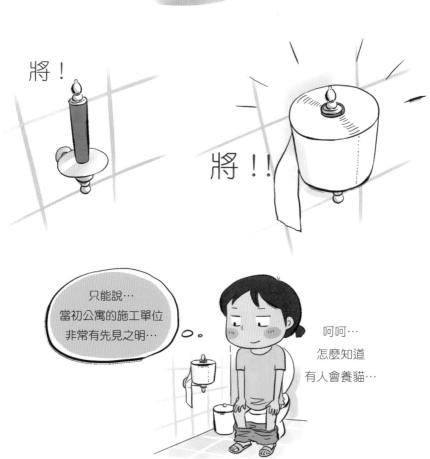

因此，波比都是…

直接用
廚房餐巾紙來健身。

2011年2月

2014年9月

經過3年半，
波比變得成熟許多。
其實這年紀還是可以盡情耍天真，
但是和之前的樣子相比，
感覺這傢伙確實長大了不少。

完

7.天下無不吐的貓

巧可和波比除了偶爾吐一些毛之外，
幾乎不太會嘔吐。
但博多和查古是只要吃太快，
就很容易直接吐出來。

這兩隻有許多骯髒、怪異的題材喔～

呃。

明明比我們還髒…

我想你應該沒資格說這種話哦。

· · · · · ·

嗒嗒
嗒嗒

咳咳
咳咳

呃！！

天上下起了嘔吐物。

It's raining 吐
Hallelujah~

呵呵呵呵…

博多這傢伙…

吃得多

吐得也多啊…

好美啊。

🐾 被子的溫度 🐾

卡滋一

唔…

坐下

？？？

怎麼坐起來
溫溫的？

暖暖包？

還是有開
電毯…？

🐾 被污染的貓隧道 🐾

前陣子，我買了一個新的貓隧道。

貓隧道（粉紅）

波比喜歡貓隧道，要不要買一個給他？

呼…

將!!

哇～滿牢固的嘛…？

波比超開心。

翹起 翹起

呼～
休息一下，
等等再玩…

凝視…
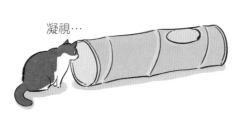

走進一

嗯…不錯…　顏色也很新穎，
底部還會發出沙沙聲…

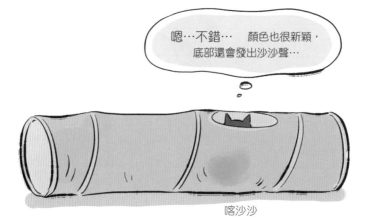

喀沙沙

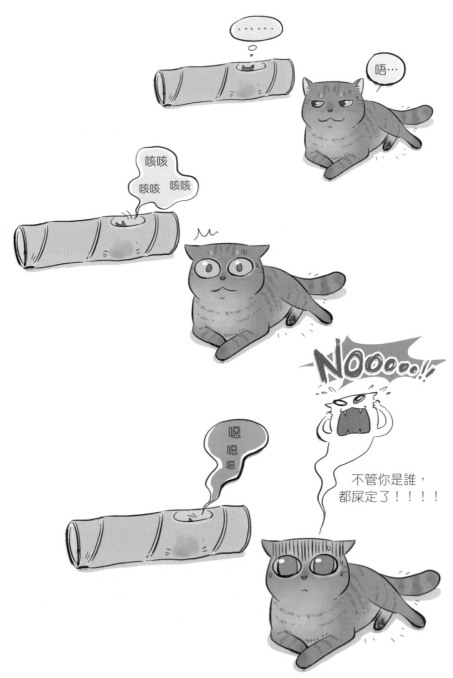

心裡受傷的波比，

已經不像先前一樣熱衷於新隧道了。

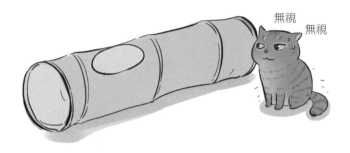

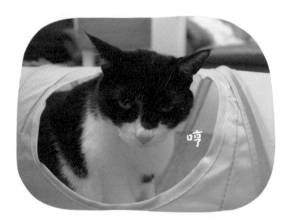

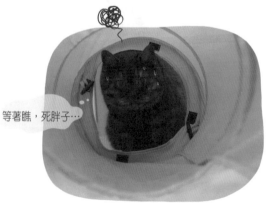

巧可平常比起其他貓咪比較沒有存在感。
甚至不太記得最後一次聽到她聲音是什麼時候，
因為實在太安靜，幾乎沒有什麼闖下大禍的案例。

咳咳　咳咳

唉—
沒用的傢伙…

她不像博多或查古一樣，
會亂吃東西到處嘔吐，

嘖嘖…
討人厭的傢伙

也不像查古
會故意把東西往地上丟表示抗議。

更不會像波比一樣吵鬧或主動靠近人⋯

她只會默默安靜地獨處，
似有若無的存在。

但是只要我叫她，
就會馬上跑過來……
可愛又漂亮的老三。

…然而，這並不是她的全貌…

瞳孔
特別大

巧可雖然是四隻貓當中，
唯一有著兼具可愛與美麗
臉龐的貓咪⋯

回頭⋯

但偶爾也會突然露出
詭異的眼神。

怎麼說呢⋯
稍微帶有一點煞
氣的那種眼神⋯

比喻成人就像是
瘋子⋯？

尤其是小時候的巧可，
活像隻沒有被馴化過的
野生猛獸。

身手還很矯健時的巧可，

對我的背尤其執著。

就像是遙遠的非洲草原上，一隻獵豹在攀爬樹木般⋯

大草原上的樹木們，辛苦了！

只要一看到背影就會馬上爬上來的巧可，
多虧他，有一陣子我的背一直都有著
各種大小傷痕。

絕對不能讓她
看見我的背

躡手 躡腳

隨著她的體重漸漸增加，
幸好這個習慣也自動消失了。

好累，不想爬…

而且這體重爬上去…
那人會很慘…

臃腫…

我也是
有想過的好嗎…

🐾 生人勿近 🐾

2004年某天…
巧可還小的時候
有朋友來我家作客。

特地來看巧可的朋友…

當時也不曉得到底哪裡惹到她，
巧可只要看見自己不甚滿意的對象，
就會展現攻擊性。

切記要像觀賞大草原上的猛獸般，
巧可只適合遠觀否則就會展現攻擊性。

🐾 剪指甲 🐾

巧可對我來說，
依然像個孩子。

她心情最好的時候，
就是吸手指時間。

但要是平常沒有幫她修剪指甲，
便會受到慘痛的「踩踩酷刑」。
（貓咪的指甲像針一樣刺…T.T）

然而，回想幾年前，
修剪巧可的指甲反而比忍受「踩踩酷刑」還要難。

巧可～
我們剪一點點
就好喔～

我們家巧可真乖～

※在此先暫停一下※
其實博多、查古、巧可、波比都不喜歡剪指甲，
但他們的反應都不相同。

查古：忍耐型

唔～

雖然不喜歡，卻只會發出低沉的「唔～」，
屬於忍耐不反抗的類型。

博多：小題大作型

不會抵死不從，
但超級會小題大作。

波比：僵住型

只要用點力把他按坐在腿上，
就會開始呈現出神狀態。
剪指甲最輕鬆的傢伙。

肉食性貓科猛獸的巧可非常兇猛。

所以在初期和她生活的那幾年，
都必須趁她熟睡時趕緊修剪。

過去那麼難搞的巧可，
隨著年紀逐漸增長，
變得比以前柔和許多。

我也不再會默默忍受她
那難搞的性格。

哼哼…
這傢伙…

嗚嚕嚕~

竟敢剪
我的指甲！！

她的爬樹本能
可以透過柱形貓抓板
來排解，

這人實在太宅，
最近都沒有
侵入者…

至於看家的本能…
反正家裡又沒有客人來，
所以沒關係。

雖然有時會覺得這傢伙的難搞性格是缺點…
但或許，她也只是好惡分明罷了。

肉食性貓科猛獸的巧可…

不論如何都還是很可愛。

其實這兩種表情的差別只在於，
光的明暗度所導致的瞳孔大小差異。
千萬不要用人類既定印象來解讀動物的表情，
其實巧可瞳孔放大時反而更難搞 T.T

完

有時候…
我會很羨慕養狗的人。

要是能這樣就好了…

但現實是…

呃啊——

拖拖拖…

從穿戴貓繩這件事
就已經先卡關。

啊…當然，有些貓咪是從小就養成散步的習慣，
也有少數個案是非常享受和主人一起旅行，
但那都只是他們的故事罷了…
和我家這幾隻平凡的家貓相距甚遠。

大約在10多年前
查古還小的時候，
有時我會抱著她享受夜晚散步。

但自從有一次被經過的車輛按喇叭以後，
我被查古的指甲狠狠抓傷，
便發覺散步對彼此來說，
好像不是一件非常理想的事情。

貓咪只要一離開自己熟悉的範圍，
就會變得非常緊張敏感。

對於極度緊張的貓咪來說，
因為不曉得瞬間會發生什麼事故或變數，
所以帶貓出門時，
一定要放進外出提籠裡才行。

喵～

不過，一輩子
只待在家裡
會不會悶壞他們呢…

要是偶爾可以一起
散個步該有多好…

你和他們
沒兩樣好嗎…

你也不出門
不是嗎…

咦？

對吼？

嫌麻煩
而不出門的人

我們是相同處境…

這裡就是
曼谷啊～

譯註：韓文諧音同整
天待在家裡足不出戶

不過偶爾一起回一趟鄉下…

或者去動物醫院的時候…

再提個外出提籠實在太重…

於是我添購了這台。

◦ 品名：伴侶動物推車

◦ 購入時間：2007年前後

◦ 實際使用次數：5次左右…？

三隻一起載感覺會超過這台車的耐重度，
所以只載博多和查古⋯
（當時還沒有養波比）

小傢伙們因為突如其來的外出處於驚嚇的狀態…

除了博多偶爾會用細微的聲音哭叫外，
從外觀看起來和一般嬰兒用推車
沒有太大差別，

假裝是媽媽
悠哉地…

所以大部分路人
也都毫無察覺有異，
直接與我擦身而過。

就這樣，我們順利完成了第一次的散步行程，
平安回到家。

以後經常一起散步，
她們應該也會比較適應吧？

幾天後…

今天換帶巧可和查古
出門吧～

博多多少還是會哭叫，
所以改帶安靜的巧可和查古…

於是，

我發現了巧可的新面目…

喵嗚嗚～

這人是要把我帶去哪

誰來救救我啊　　嗷嗚～

喵嗷～　　　喵～

嗯？
這是什麼聲音…

巧…
巧可？

貓咪？

天啊─

149

最後，走沒多遠就不得不投降回家。

全部的人都在看我，完全成了路上的焦點。

明星也是這種感覺嗎…

嗚嚕…

我差點被她賣掉…

哈哈
大家一定覺得是
千古奇觀…

🐾 特殊的外出經驗 🐾

2010年春天，
波比重新被送回來後
過沒多久…

詳情請見
《給他貓下去》

吼唷，我又沒對你怎樣！！你這死肥豬！！

你這
大頭呆…

嗚嚕嚕嚕…

揮打

正處於博多在教訓波比的時期，
整天不得安寧。

揮打　哈啊啊！！
　　　砰！！

這些傢伙…
不能再這樣下去了。

所以，我決定採取特殊措施…
那就是…

和討厭鬼一起外出！

只要暴露在全然陌生的環境下，
厭惡之情也會轉變成相互依賴。

我有拍照存證，
有圖有真相。

我看靈魂出竅的波比實在太可憐，
便盡速折返回家。

回到家

過了一陣子…

看來這方法確實有效。

但也只是一時…

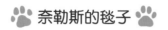

奈勒斯的毯子

就算幾乎沒有機會推著出門，
推車還是一直放在客廳一角⋯

先放在這裡，某天要是心血來潮，就可以馬上載他們出門

結果6年來只用過5次是怎麼回事？

而唯一喜歡推車的傢伙竟然是⋯

嘿♡

雖然害怕外出，
放在客廳裡的推車
卻又特別喜歡。

博多尤其喜歡
推車下方的置物籃。

然而，我記得那台推車的說明書
有這樣的警告標語。

※下方置物籃請勿放置
2公斤以上物品。

博多超過6公斤⋯

呵呵呵⋯

好啦…唉－既然這麼喜歡…

那就這樣好了…

嘿咻…

於是，我在置物籃下方墊了幾個抱枕。

呿，我比較喜歡
盪在空中的感覺…

博多真的很喜歡那個推車置物籃。

也是…每個人都有
自己喜歡的特定物品…

就像奈勒斯的毛毯一樣…

姪子正賢是從小就對他的藍色枕頭情有獨鍾。

握緊。

去旅行還要自備枕頭？

沒辦法，
他沒這東西
無法睡。

我則是喜歡那條畫有大花的粉紅色毛毯。

媽媽甚至還在毛毯一角繡上我的名字。

總之…

乘載重量僅限2公斤的置物籃…

承受了好幾倍重的博多好長一段時間…

結果，某天…

啪

繩子終於承受不住，斷了。

就這樣放在客廳裡好幾天…

嗚─
籃子掛掉了…

唉─
怎麼就這樣放著呢…

最後是媽媽看不下去，重新修補縫好。

哇～
籃子復活了！

媽咪
好棒棒一

嘿♡

真是…
我竟然養了個
養貓的老蠢蛋…

到底要養那丫頭
到什麼時候呢…

為了不讓置物籃再度斷裂，
我在下面墊了一個超大型抱枕。

嗚啊…
好擠…

但是…

不知道是不是連超大型抱枕

都難以承受博多的體重…

啪

啪

咚。

最後是兩邊的繩子都斷裂。

隔天…
阿媽再度將籃子修補好…

原以為從此以後就能

正常使用的籃子…

啪　啪！

呼一
又斷掉了，
我看繩子應該是
徹底不能用了…

什麼？
又斷！！

最後，阿媽終於忍不住發怒了。

結果最近…
可能是覺得沒魚蝦也好，
博多都改躲在置物籃上方的
座椅內休息。

這就對啦，博多…
從現在開始適應
這個位子吧。

呼嚕

戳

不過話說回來，
為什麼我會把推車當成
貓塔在使用呢…？

啊，不過貓塔好像比
推車貴吼？

那豈不是賺到？

嘿嘿～

你的大腦單純
得令人羨慕啊。

噴…

2007.10

2008.11

2010.05

2013.10

其實用了6年的置物籃早該壽終正寢了，
到後來是只要輕輕一拉，繩子就像快炸開般老舊不堪。
現在已經重新換了條繩子綁在籃子上，
我們也為喜歡盪在半空中的博多，
重新準備了一張大又牢固的吊床。

完

10.一切都是為了你

人們其實不太曉得，
貓咪有多麼體貼他們的主人。

他們不停噴毛，

讓原本雜亂無章、
懶惰嫌麻煩的人都不得不起身打掃…

冬天怕你會冷，
在你的衣服和棉被裡
加一些毛變得更暖…

根本不需要買毛衣了。

啊哈哈…

真暖…

哈哈－
完全不需要羽絨被啦…

為了很能忍受髒亂的
主人健康著想，

還會定期讓主人不得不洗棉被…

清掃貓廁時…

噗吡吡～

嗯…看來腸子很健康…

喝…

也會讓主人一眼就能輕鬆辨別
他們的健康狀態…

（其實這不是在開玩笑，
　而是真的需要，雖然有點臭就是了。）

此外，他們還會為運動量不足的主人，

提供一些運動器材…

為身體僵硬的主人，

訓練柔軟度…

為了不讓主人睡過頭，

喀啦　喀啦

咻　咻

啪

砰

每天凌晨都會把主人叫醒…

要是逛網站逛到渾然忘我，

也會幫忙拉回現實…

他們不僅讓我領悟到，

物以稀為貴的世間真理…

也為了讓少根筋的主人不論走到哪都不被人欺負，

另外，還會為整天虛度光陰的主人…

博多，

拜託你下去好嗎？

呼嚕 呼嚕嚕 呼嚕

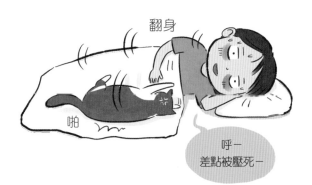

翻身

啪

呼－
差點被壓死－

注入對生活的熱愛與意志…

…我要好好活著…

生命是寶貴的。

此外，也會為了主人的靈魂與健康著想，

咕嚕
咕嚕

啃啃

人生整天浪費在
這些消耗品上…

哼。

丟一

不可以——‼

讓主人放下對物質的執著。

真是思慮深遠的貓咪⋯

⋯才怪！

愛是瘋狂的。

⋯但還是好幸福唷。

完

11.那是什麼鬼表情

帶有一點鄙視感往下瞄的表情。

什⋯什麼嘛⋯
閉上眼睛啦,
臭小子。

嗯?

好像頗有興趣
探了探頭的博多。

竊笑。

呼啊～

那…那是什麼討人厭的嘴臉…

唔…

吐氣…

你這傢伙…！！
還真的給我嘆氣！！

（390%千真萬確）

我對你好，
結果你竟敢耍我？！
嗯？！
到底是從哪裡學來的！

真聰明～

嘻嘻～

樂得咧。

我向姊夫借了一副望遠鏡，
剛好有需要用到。

哇哇～
很棒很棒～
用起來不錯…

先藏在這裡面…
應該不至於
連這個都要故意
丟在地上吧？

伸…

咔!!

查古非常瞭解惹我生氣的方法。
過去我以為是她心情不好或
基於某些理由才會做出這種行為，

不過長期觀察下來發現，
或許她其實是在享受人類
最單純原始的反應，

而且她也很清楚知道，
我是個很容易忘記上一秒
為什麼生氣的超單純人類。

好想在貓咪面前活得有尊嚴。

貓咪是不用經常洗澡的。

因為平時都只有在室內活動，
所以不太會弄髒身體…

呼啊～

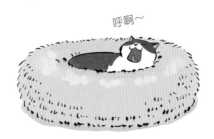

而且他們也經常整理自己的毛，是懂得保持身體乾淨的動物…

舔舔

所以身上也不太會發出臭味。

聞聞…

查古，
你是有偷擦
香水嗎？

我們家應該沒有香水才對…

神奇的是，查古身上還會飄散出非常淡的香味。

於是，

我每次只會在毛特別雜亂

或者出現皮屑時才會幫他們洗澡，

通常是一年洗兩次左右。

🐾 巧可的第一次 🐾

2004年，
以排行老么加入家族的巧可，
竟然到五歲前從未洗過一次澡。

也是因為到五歲前，
實在乾淨到根本沒讓我意識到
要幫她洗澡這件事⋯

抑或是自我催眠她是香的吧。

嗚嗚…
你這忘恩負義的傢伙…

可能會成為人類史上（？）
第一位被貓咪咬死身亡的人也不一定…

經過證實，
這隻問題動物是在學術界
尚未被公開的新品種，
平時會像一般的貓咪一樣賣萌裝可愛，
但是一旦情緒憤怒到一定程度之後，
就會變身成巨型猛獸，
連自己的照顧者都不認得的
稀有貓科動物！

被信任的貓咪咬傷～

呵呵…
我一點也不想因為這種事情
登上媒體版面啊…

…？

然而…
當她快要滿五歲的某天…

唉一

終於到了不得不
面對的時候…

巧可已經成了
到處散落皮屑的年糕。

三色巧可年糕上市！

好髒的年糕！
噁心。

嗚…

要是我出了什麼事…

嗯，你的決定是對的。

葬禮我會幫你
安排好的。

快去幫她
洗吧。

巧可一定也
很不舒服。

吼。

她的反應卻出乎意料乖巧，
害我想起自己嚇自己的過程
都感到超級羞愧。

於是，巧可在她五歲那年…
擁有了人生第一次洗澡經驗。

其實比起幫巧可洗澡，
洗完澡後才是一大問題。

第一次洗完澡後，
不知道是不是精神上受到太大打擊，
好幾天都不願意進房，
獨自在陽台待著。

在那之後，
大約都是
一年幫他們洗兩次澡，

其他貓咪們通常會在
洗完澡後認真舔毛，
所以毛很快就乾…

舔舔

舔舔

舔舔

但是巧可完全不打理自己的毛。

我從未允諾沐浴之事，
故不願自理毛髮。
待身體自然晾乾為止，
我將細嚼這滿腹憤怒。

假如她是人類，
我想很可能會是名留千古的大人物。

我很想幫她把毛吹乾，
但也只能在她還沒變身成浩克之前進行。

喂…
冷靜冷靜…

嗚嚕嚕

總之，值得慶幸的是，
隨著洗澡次數越多，
小傢伙獨自難過躲在陽台的
時間也逐漸縮短。

已經大概幫你擦過了，
自己去太陽底下曬乾吧。

覺得賭氣
也有點累了…

唉一

還是適可而止吧…
反正她也不怕我了。

為什麼偏偏在我最忙的時候，連平常一直拖延的事情都需要一次通通處理呢。

不過話說回來，幫他們洗完澡後⋯

所以最近經常工作到一半就會分心。

洗完以後整個變
超級滑順的…

嘿嘿嘿…
這觸感實在太好…

呵呵呵…

啊哈哈～
連巧可也…

要融
化了…

這些咕溜的毛小孩們。

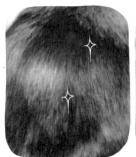

完

229

13.毛已經夠多了

和貓家族生活已經有十多年。
自從和他們生活在一起以後，
我的價值觀也產生了一些變化。

大約是04年1月左右

等等。

我原本可以輕易處理掉一隻小蟲…
可是，就在那一瞬間，我的想法改變了。

其實也沒有什麼特別的念頭，

只是突然之間，

似乎從那隻小蟲身上看見了我的貓咪們。

不論大生命
還是小生命，
都不應該被任意消滅…

最好還是避免
不必要的犧牲吧。

舔舔

就算遇到不得已必須殺害的情況…

和蚊子同居
還是太難…

我會讓你一次斃命，
所以別太埋怨我嘿。

也決定
不在心中抱著怨恨。

不過，事實上…因為我總是慢半拍，加上手腳不是很靈活，
所以比較像是蚊子在抓我。

呵呵

小姐
這件非常適合
您呢

最後只好
隨便買了一件帶有兔毛的
連帽外套…

但是進一步瞭解毛皮衣物的
製作過程以後…

毛皮衣物的真相（小心慎入）

抖抖…

實在不敢點開影片
來看，光看文字敘
述就已感到頭暈…

X，
我以後再也不買
有毛的衣服！

每次只要穿在身上，心裡就會感到無比沉重，
所以後來幾乎不再拿出來穿。

又暖又輕
真舒服

還是棉外套最讚…
又不是住在西伯利亞,
有冷成那樣嗎…

從那次之後,
我就不再購買用動物皮毛製成的物品。

然而…

有包裹哦~

好的~

又送逗貓棒…

訂購貓用品時，
經常會附送動物毛製成的贈品。

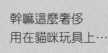

幹嘛這麼奢侈
用在貓咪玩具上…

下次要記得跟他們說
別再送這種東西了…

不過…既然都送來了…

還是拿來玩一下吧！！

咻！！

嘖…
那是給屁孩
玩的…

無感…

無聊…

只有那
傢伙才會
喜歡…

07年時…

原本很喜歡吃豬五花肉、火腿、炸雞、漢堡的我…
決定從此以後不再「享用」這些食物。

這些生命明明就和我家的貓咪一樣珍貴，

卻必須成為人類食用的肉品，

為人類生產食物，

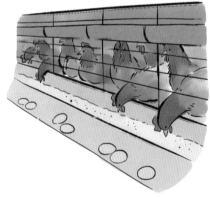

在尚未享受過真正的生活以前，
就被當成工廠裡的零件，在痛苦中死去…
我總覺得這好像是一件很不正確的事情…

所以想說
改變一下飲食習慣…

蛤…那植物呢？
只有動物有生命嗎？
聽說植物也會感受
痛苦耶？

反正在養那些家畜的時候
都會用到植物飼料啊。當
我們在吃肉的時候等於是
把他們過去所吃的一切一
併吃掉的意思…

總結來說，
吃肉其實也
等於吃掉了
植物。

人們決定吃素的理由百百種。

而我，則是基於這點開始吃素的。

「即使注定要供人類食用⋯

至少希望他們在活著的期間，不遭受不必要的痛苦。」

為能有效改善大量生產的工廠式飼養，
身為消費者的我，能做的事只有…

不過，
我也只是「素食傾向者」而已，還不是真正的素食主義者。
一方面是因為性格上不夠細心、嚴謹…

另一方面是想要和心愛的家人、朋友，
盡情享受用餐時間的緣故。

等到以後設立越來越多動物福祉型農場，順應動物本性，讓更多家畜幸福快樂長大的話，我想，那種肉品會更能讓我用感激、愉悅的心情欣然享用。

喔！是動物福祉標章！！

放養雞蛋　雞蛋　健康雞蛋

高價雞蛋　平價雞蛋

動物福祉認證標章

根據國家訂定的動物福祉標準，以人道方式飼養動物的農場才能獲得的認證標章。
目前已經有針對雞蛋和豬肉進行標示，接下來預計也會逐步套用在雞肉、牛奶和牛肉上。

不過…
其實我的體質
也不太適合吃肉。

吼…
太久沒吃肉，
好難消化…

咕嚕
咕嚕嚕

噴噴

我看你還是認真吃素吧

肉就交給我…

我的童年距離現在已超過20多年，
多虧父母有養家畜，從小就看著那些動物們長大。

還記得每次只要固定時間一到，不論豬或雞都會被載去別的地方。
要是當時我有認真想過，他們離開我家以後，抵達屠宰場成為肉品，
再被端上人們的餐桌這件事，
相信我的童年一定會過得非常痛苦煎熬。
幸好（？）當時的我，不曾對此深入思考過。

隨著時間流逝，自己也開始養貓以後，
我才開始用全新的角度來重新回顧過去那些相處過的動物。

有時我會很想念他們，可愛惹人憐的小豬們，
呼吸時都會不停張動的濕潤豬鼻，
向上捲起的俏皮豬尾巴，
不是肉品，而是活生生的生命們。

有朝一日，要是條件許可，
我很想要和幾隻不會變成肉品的豬、雞一起生活…

完

14.對你的玫瑰花負責

去年中秋。

姪子2　姪子1　姊夫　姊姊

我的第二個姪子正賢，
只要一看到波比…

就會用拳頭頂額頭
的方式打招呼…

哥哥們
來囉？

喵～

捏
捏

習慣性地也要摸一下花生。

※花生：公貓的睪丸。

唉呀，真是！
別摸了，會變小的！
已經只剩空殼了…

…雖然我會這麼勸他…

噗噗一

揉捏

……

我小時候也…

但我自己也很清楚，
那就是人類的本能。

經常性騷擾（？）
過貓咪…

小不點～

呼嚕 呼嚕

小時候家裡養的
貓咪，小不點

嘿嘿～
軟軟的

揉捏
揉捏

因為身上帶著圓圓軟軟的東西，
所以自然就會把手伸過去摸。

小不點…

難道是因為
我太常玩他
所以不再回來嗎…

自由過著戶外生活的他，
從某天起，就再也沒有回來過。
那是我人生中第一隻貓咪，小不點。

再也不想被
性騷擾了…

我的花生是非常珍貴的。

當初會不會是這種心情呢…？

我彈波比的花生
他不會有任何反應耶！

和我們家的貓完全不一樣。

怎麼
都沒反應～

ㄅㄎ
ㄎㄎ

??

姊姊的家裡，
有著一群住在暖房設備室裡
的貓咪家族。

幾年前，正賢從街上撿到兩隻小貓，
姊夫收留了他們，現在已經成了大家族。

🐾 發情的波比王子 🐾

波比其實有一段時期也是帶著結實的花生，

不，是核桃，渾身散發著公貓的氣息。

還記得是一歲多的時候吧⋯

嗯？有誰
來尿過尿嗎⋯？

嗅
嗅

自從來我們家以後，就從來沒有尿床過的小子，

突然到處解尿⋯

平常嗓音就已經比其他貓還大的傢伙，
當時的哭聲傳遍了整個社區⋯

然後⋯

最後…甚至瞎了眼，
連那可怕的大姊他也敢撲倒…

帥氣大姊
（當時正處於波比被大姊
　教訓的時期。）

最後只好強行帶他去接受一延再延的結紮手術。

我們向波比的核桃道別後，
他便進了手術室。

※公貓的結紮手術是只將裡面的內容物去除，比
　起需要剖開腹部，取出卵巢和子宮的母貓手術
　來得簡單許多，恢復速度也較快。

手術後麻醉藥還沒全退時，
波比的樣子真的可憐得不像話。

暈…

好了好了～
睡吧～

我扶著因麻醉而無法控制
身體的波比…

還在他身旁幫他
拍哄睡覺…

拍拍

盯一

一覺醒來的波比，
麻醉藥幾乎退掉後
便馬上坐起來看著我。

嗯？波比起來啦？
怎麼了？需要什麼？

喂…
你不是才剛
手術完嗎？

呜嚕嚕嚕～

他拖著麻醉尚未全退的身體，
對我做了他這輩子最後一次的發情動作…T.T
（可能是受到剩餘的荷爾蒙影響吧。）

本來還擔心這傢伙會不會
因為身體起的變化而感到不適，

但是隔天，
波比就回到了原本
活潑好動的樣子。

幸好波比好像沒有太在意
他那失去的核桃。

這小子
真灑脫。

🐾 這種貓那種貓 🐾

我和姊夫一樣喜歡動物，
也都有養貓，
但是我們的觀念其實滿不同的。

住在庭院住宅的姊夫

他們要生
我也阻擋不了…

只提供住所和食物…
怎麼說呢，
有點像是住宿…？

活的活，
死的死，
出走的出走…

自從家裡越來越多貓以後，
他們就各自獨立了…

住在公寓的我

如果負不起責任
就乾脆不要
讓他們生。

那些成為我家人
的貓，我想要守護
他們一輩子。

所以貓咪們禁止外出！
（反正住在公寓本來就
無法外出）

我覺得他們家的貓
很可憐…

當初性格溫順的那隻
怎麼不回來了…
該不會出事了吧…

鄰居都不會
嫌他們吵嗎？

而姊夫也認為
我們家的貓很慘。

連個孩子都不能生…

究竟是
貓還是豬…

這並沒有誰對誰錯。

雖然有時我會對他們感到有些不捨，

但是有些時候，也會覺得他們自由狩獵、繁衍後代、爭奪地盤等，

近乎野生的生活方式或許才是「正常」，

因為他們成為人類的伴侶動物之前，是野生動物。

（和居住在都市裡的一般街貓情況較為不同，絕對需要人類照料的

改良型品種貓也不包含在內。）

不過，在思考這些根本性的問題以前，
有一句話需要謹記在心。

「…但是你不能忘記，

永遠要對你所豢養的對象負責，

你對你的玫瑰花有責任…」

我對我的玫瑰花
有責任…

摘自《小王子》

不論是住在暖房設備室角落的貓咪，

還是和人類共享床、書桌等所有空間的貓咪…

都要對你所豢養的對象負責。

術前

術後當下

術後隔天

雖然實在很想看看像波比一樣可愛的寶寶，
但最終，我還是選擇了不做自己無法負責的行為。
站在非常瞭解街貓們多麼常懷孕生子，
還因各種理由只能享受短暫生命的立場，
我能盡的最大努力就是，
至少不再讓和我有緣的生命陷入那樣的困境，
我是這麼認為的。

完

15.生命的重量

從小，只要是動物，
我幾乎都很喜歡⋯

儘管如此，
還是有幾種動物是我難以接受的…
其中最具代表性的就是蛇。

吐舌~

媽咪呀~!!
有蛇~~!!
啊啊啊啊啊

不知是否因為住在鄉下，
很容易看到蛇的緣故…
我對毒蛇的恐懼感特別強烈，

有時甚至還會杞人憂天地幻想…

畢竟是具有危險性的動物，

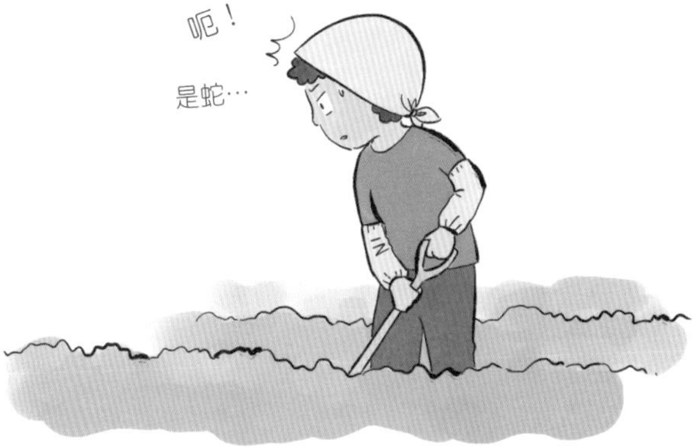

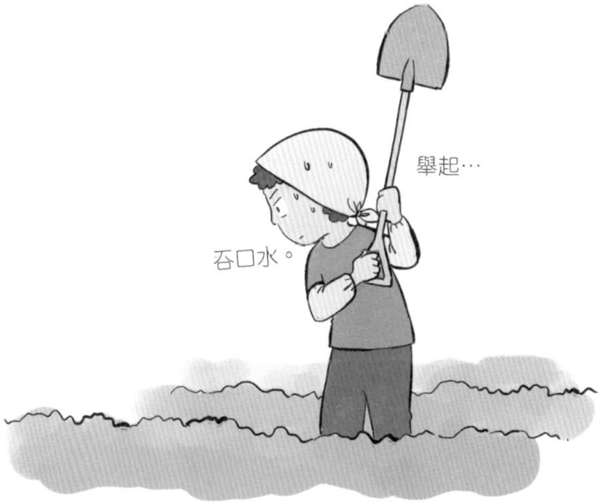

爸媽每次只要看到蛇，

就會想盡辦法處理掉（？）…

從小在父母的耳濡目染下，

哇…

媽媽好強…

啪…!!

我一直以為蛇是理所當然
可以被殺的有害動物。

然後隨著時間流逝…
漸漸長大成人，
接近三十歲之際…

都還保有那樣的觀念。

直到某天和同鄉老友
聊到兒時回憶時…

273

我才終於突然意識到我的觀念是有問題的。

自己養著貓…

看見街貓會感到不捨…

走在路上看見跛腳的鴿子都會因為心疼而久久無法離開…

甚至就連一隻小蟲都會選擇放生…

對蛇卻一直抱有如此惡毒的想法。

怎麼會有那種
希特勒式的思維…

「蛇其實和我所愛的那些生命沒兩樣」這個事實，
我是到了坐二望三的年紀才終於明白。

我相信，就如同我對蛇有著
先入為主的觀念，

一定有很多人也會用同樣的眼光看待我所喜歡的動物。

而且就像我沒有尊重蛇的生命一樣，
一定也有人會對我所喜愛的生命抱有殘忍、
惡毒的心態，並視其為理所當然，
不帶有任何罪惡感或質疑。

雖然我對於這樣的人

感到不可思議……

但其實只是程度上的差異罷了，

在我內心深處絕對也曾經有過那些殘忍的念頭。

或許…他們是真的不瞭解。

就如同…
我不曾瞭解過蛇一樣…

他們不曾親手碰觸過
　那溫暖的身體…

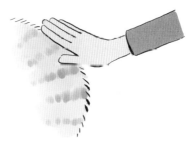

呼嚕嚕

呼嚕…

也從未用心感受過
　那些表情…

更沒有機會打開那扇
因偏見與誤會而關閉的心門。

①的說詞我還可以接受，
但從①跳到②之前，其實
是有和平解決方案的。

每個人都有喜歡或厭惡某種生物的自由，

所以這也不是其他人可以評斷的事。

就如同我特別討厭飯裡添加的豆子一樣，

只是個人的喜好問題罷了。

但是…
有一點是絕對不允許的。

我們沒有權力因為不喜歡…
就任意將他們消滅。

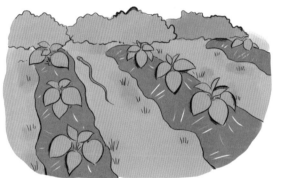

即使是在田野間
穿梭的蛇…

或者是為了暖暖身子
而躲進公寓地下室角落的流浪貓…

其實都是認真過著自己被賜與的生活，
和我們一樣活在這片土地上的主人。

不論是人類、野獸、鳥類、昆蟲、魚類…
或是山巒、江河、海洋…

都要一起呼吸才能夠共存的事實，
愚蠢的人類卻需要不斷被提醒才不會忘記。
受苦受難也沒關係的生命？
這世界上並不存在。

當時，在畫這篇漫畫的時候，

某間公寓地下室發生了一起將貓集體囚禁並虐殺的事件。

雖然我是用過去式「發生了」來述說這起事件，

但不知道現在在這社會的某些角落，會不會又有生命是那樣正在被消滅的。

其實在他們爭奪地盤或發情時，夜裡會不斷哭嚎，

就連我這愛貓人士都需要極大耐心忍受，

更何況是一般人，一定也會因為他們而感到不便⋯

但是，我希望人類可以對其他生命再多點包容，

讓人類和動物可以不要彼此樹敵，也不懼怕彼此，

能夠一起享有這片土地，和平共存。

到肯亞旅行時走進的一間餐廳，

自由進出的流浪貓們。

完

一起來　好 016

貓出沒注意

作　　者：蔡有利（채유리）
譯　　者：尹嘉玄
責任編輯：楊惠琪
製作協力：蔡欣育
總　編　輯：陳旭華
社　　長：郭重興
發行人兼出版總監：曾大福

編輯出版：一起來出版
發　　行：遠足文化事業股份有限公司
　　　　　www.bookrep.com.tw
地　　址：23141 新北市新店區民權路 108-2 號 9 樓
客服專線：02-22181417
傳　　真：02-86671065
郵撥帳號：19504465
戶　　名：遠足文化事業股份有限公司
法律顧問：華洋國際專利商標事務所　蘇文生律師
初版一刷：2017 年 11 月
定　　價：360 元

보짜툰2

國家圖書館出版品預行編目 (CIP) 資料

貓出沒注意 / 蔡有利著 ; 尹嘉玄譯 . -- 初版 .
-- 新北市 : 一起來出版 : 遠足文化發行, 2017.11
　　面；　公分 . -- (一起來好 ; 16)
ISBN 978-986-93527-8-9(平裝)

　　　　　　862.6　　　　105024593